Monika Römer • Christiane Leesker
Fotos von Oliver Brachat

Süßes für meinen Schatz

Selbstgebackene Liebesgrüße

Hölker Verlag

Inhaltsverzeichnis

Pralinen & Konfekt

Kuchen & Torten

Zur Einstimmung

Machen Sie sich nichts vor: Die Liebe geht noch immer durch den Magen – heute wie eh und je! Die süßen kleinen Liebeszauber in diesem Buch können vielleicht kein Herz entflammen, das sonst ungerührt bliebe (obwohl es da auf einen Versuch ankäme!). Aber manches gelingt mit ihnen besser als mit Worten: Freude bereiten, Wogen glätten und über kleinen Kummer hinwegtrösten. Sie zeigen, dass Sie an Ihren Schatz denken, dass Ihnen keine Mühe zu groß ist und Sie genau wissen, was er oder sie gerade in diesem Moment braucht. Beim gemeinsamen Genuss der herrlichen Kekse, verführerischen Pralinen und wundervollen Torten schauen Sie sich dann tief in die Augen und wissen eines ganz sicher: Das ist Liebe!

Kekse & Kleingebäck

Liebevoll verziert und verpackt sind die Kekse, Muffins und Waffeln in diesem Kapitel wunderbare Liebeserklärungen – zum Beispiel zum Valentinstag. Aber Ihnen ist sicher auch jeder andere Tag im Jahr recht, um Ihrer Zuneigung durch süße Aufmerksamkeiten Ausdruck zu verleihen. Und Sie schaffen bestimmt auch gerne einen Anlass, der diesen gerecht wird. Die Fortune cookies mit den eingebackenen Liebesbotschaften bilden den stilvollen Abschluss eines romantischen Menüs, Scones zum very british Afternoon-Tea erinnern vielleicht an Ihren ersten gemeinsamen Urlaub, und Waffelherzchen eignen sich wunderbar als Seelentröster in Stresszeiten.

Fensterherzen

Diese Herzen sind ein Genuss für Leckermäulchen. Um Geschenkanhänger daraus zu machen, durchbohren Sie die noch heißen Fensterherzen im oberen Teil mit Zahnstochern und ziehen nach dem Abkühlen ein hübsches Bändchen durch das Loch.

125 g Mehl, 75 g feiner brauer Zucker, 1 Prise Salz, 1 Msp. frisch geriebene Muskatnuss, 75 g kalte Butter, 1 Eigelb, Isomalt-Bonbons in verschiedenen Farben (zuckerfrei, Apotheke oder Supermarkt)
Außerdem: Mehl zum Ausrollen, je 1 Herzausstechförmchen von ca. 4 und 6 cm Durchmesser, Holzschaschlikspieße

Das Mehl auf eine Arbeitsfläche sieben und Zucker, Salz und Muskat daraufstreuen. Butter in Stücken auf den Rand setzen. In die Mitte eine Vertiefung drücken und das Eigelb hineingeben. Die Zutaten von der Mitte her rasch zu einem glatten Teig verkneten. Zur Kugel formen, in Klarsichtfolie wickeln und für mindestens 30 Minuten in den Kühlschrank stellen.
Den Backofen auf 200 °C (Umluft 180 °C, Gas Stufe 3) vorheizen. Den Teig auf einer bemehlten Arbeitsfläche portionsweise 3 Millimeter dick ausrollen. Mit dem großen Ausstechförmchen Herzen ausstechen. Aus der Mitte jeweils ein kleineres Herz ausstechen, so dass nur ein „Fensterrahmen" übrig bleibt, und beiseite legen. Ein Backblech mit einer Dauerbackfolie (optimal!) oder Backpapier auslegen. Die Herzrahmen darauflegen und jeweils an der unteren Spitze einen Schaschlikspieß als „Stiel" so hineindrücken, dass dieser etwas in das Fenster hineinragt. In den vorgeheizten Ofen (mittlere Schiene) schieben und die Plätzchen 8–10 Minuten vorbacken. Herausnehmen und die ausgestochene Innenfläche jeweils mit einem fein zerstoßenen Bonbon ausstreuen. Wieder in den Ofen schieben und weiterbacken, bis die „Fenster" geschmolzen sind; das dauert etwa 3 Minuten. Herausnehmen und zum Auskühlen auf ein Kuchengitter legen.

Die beiseite gelegten kleinen Herzen können selbstverständlich ebenfalls gebacken und verziert werden, haben aber natürlich keine „Fenster".

Herzplätzchen

250 g Mehl, 1/2 Päckchen Weinstein-Backpulver, 125 g kalte Butter, 1 Ei, 125 g Zucker, 1 Prise Salz
Außerdem: Mehl zum Ausrollen, Herzausstechförmchen in verschiedenen Größen, 60 g Puderzucker, 1 EL Kirschsaft, Kuchenglasur bester Qualität zum Verzieren, Puderzucker zum Bestäuben

Das Mehl mit dem Backpulver vermischt auf eine Arbeitsfläche sieben. Butter in Stückchen darauf verteilen und mit 2 Messern unter das Mehl hacken. Ei, Zucker und Salz zugeben und untermischen. Alles mit kalten Händen rasch zu einem glatten Teig verkneten. Zur Kugel formen, in Klarsichtfolie wickeln und für 30 Minuten in den Kühlschrank stellen.
Den Backofen auf 200 °C (Umluft 180 °C, Gas Stufe 3) vorheizen. Den Teig auf einer leicht bemehlten Arbeitsfläche etwa 3 Millimeter dick ausrollen und Herzen in verschiedenen Größen ausstechen. Auf ein mit Backpapier ausgelegtes Backblech legen und im vorgeheizten Ofen (mittlere Schiene) in 10–15 Minuten hellbraun backen. Auf einem Kuchengitter abkühlen lassen.
Aus Puderzucker und Kirschsaft einen Zuckerguss herstellen. Die Kuchenglasur nach Packungsanweisung schmelzen. Aus Pergamentpapier 2 kleine Spritztüten drehen (oder Gefrierbeutel verwenden), jeweils Zuckerguss und Kuchenglasur einfüllen und ein kleines Loch in die Spitze schneiden. Kekse nach Belieben mit Streifen- und Punktemustern aus Kuchenglasur und Zuckerguss verzieren bzw. mit Puderzucker bestäuben.

Für Terrassenplätzchen den Teig wie oben beschrieben ausrollen und herzförmige Plätzchen ausstechen. Bei der Hälfte der Plätzchen jeweils ein kleineres Herz ausstechen. Die Plätzchen wie beschrieben backen. Inzwischen 100 Gramm Himbeer- oder Erdbeerkonfitüre erhitzen und mit 1 Teelöffel Rum verrühren. Die Plätzchen heiß vom Blech lösen und auf ein Kuchengitter setzen. In die Mitte der Plätzchen ohne Loch etwas Konfitüre geben und ein passendes Plätzchen mit Loch daraufsetzen. Noch heiß mit Puderzucker bestäuben oder abgekühlt mit rosafarbenem Zuckerguss glasieren.

Liebesknochen

Für den Brandteig: 1/8 l Milch, 50 g Butter, 1 Prise Salz, 125 g Mehl, 3 Eier (Größe L)
Für die Füllung: 1/2 l Sahne, 50 g Puderzucker, 3 EL Grenadine (Granatapfelsirup)
Außerdem: Fett für das Blech, Puderzucker zum Bestäuben

Den Backofen auf 190 °C (Umluft 170 °C, Gas Stufe 2) vorheizen. Das Backblech einfetten. Für den Brandteig in einem Topf Milch, Butter und Salz aufkochen. Das Mehl in eine Schüssel sieben und auf einmal in den Topf geben. Mit einem Holzlöffel rühren, bis sich ein Kloß bildet und vom Topfboden löst. Vom Herd nehmen und abkühlen lassen. Die Eier nach und nach in den Teig einarbeiten. Rühren, bis der Teig geschmeidig ist und glänzt.
Den Teig in einen Spritzbeutel mit Sterntülle füllen und mit genügend Abstand etwa 10 Zentimeter lange Streifen auf das Backblech spritzen. In den vorgeheizten Ofen (mittlere Schiene) schieben und den Teig in 15–20 Minuten goldbraun backen. Währenddessen die Ofentür nicht öffnen, da die Liebesknochen sonst zusammenfallen! Herausnehmen und auf einem Kuchengitter auskühlen lassen.
Für die Füllung die Sahne mit dem Puderzucker steif schlagen und die Grenadine vorsichtig unterrühren. Die Liebesknochen quer halbieren. Die Sahne in einen Spritzbeutel mit Sterntülle füllen und wellenförmig auf die unteren Hälften spritzen. Vorsichtig die passenden oberen Hälften aufsetzen. Mit Puderzucker bestäuben und die Liebesknochen möglichst bald servieren.

Fortune cookies

Für den Teig: 35 g Mehl, 35 g Puderzucker, 1 Prise Salz, 35 g Butter, 1 Eiweiß
Außerdem: ca. 10 Liebesbotschaften auf schmalen Papierstreifen, 1 Pappquadrat mit glatter Oberfläche (Dicke: 1,5 mm, Größe: 11 x 11 cm), Butter für die Schablone, 1 Glas, 1 Eierkarton

Für den Teig in einer Schüssel Mehl, Puderzucker, Salz, Butter und Eiweiß glatt rühren. Den Backofen auf 200 °C (Umluft 180 °C, Gas Stufe 3) vorheizen. 2–3 Bleche mit Backpapier auslegen. Um eine Schablone zu erhalten, aus dem Pappquadrat mithilfe eines Untertellers o. Ä. einen Kreis von 10 Zentimetern Durchmesser ausschneiden. Die Innenränder des entstandenen Lochs fetten. Die Schablone auf ein Backblech legen und mit einer Palette 1–2 Teelöffel Teig darin zu einem Kreis verstreichen. Abheben, mit Abstand wieder auflegen und ebenso noch 2 weitere Teigkreise auf das Blech streichen.
Das Blech in den vorgeheizten Ofen (mittlere Schiene) schieben und etwa 5 Minuten backen; danach sollte der Teig noch ganz hell, aber schon gar sein. Herausnehmen und abkühlen lassen. Danach nochmals in den Ofen schieben und fertigbacken, bis die Teigkreise hellbraun sind, herausnehmen. Jeweils einen Teigkreis mithilfe der Palette vom Blech lösen und sofort mit einer Liebesbotschaft darin einmal zusammenfalten. Rasch an den Enden fassen und die gerade Seite jedes Halbkreises über dem Rand eines Glases einbuchten, um die typische Fortune-cookie-Form zu erhalten (siehe Foto rechts). In einem Eierkarton auskühlen lassen, damit die Cookies ihre Form behalten. So fortfahren, bis Teig und Liebesbotschaften verbraucht sind.

Sie sollten beim Abbacken unbedingt mit mehreren Blechen arbeiten, damit diese zwischendurch abkühlen können. Der Backvorgang muss übrigens unterbrochen werden, damit die Teigkreise schön gleichmäßig bräunen.

be my valentine

Sweetheart-Scones

Frühaufsteher können ihren Schatz am Valentinstag zum Frühstück mit diesen Scones überraschen. Sie sind schon für sich genommen ein Genuss. Aber mit frischer Butter und selbst gemachter Marmelade werden sie sicher begeistert aufgenommen.

300 g Mehl, 2 TL Weinstein-Backpulver, 60 g grober Zucker, 1/2 TL Salz, 120 g kalte Butter, 1 TL abgeriebene unbehandelte Orangenschale, 80 g Rosinen, 1 Ei, 120 ml Sahne, Mehl zum Bearbeiten, Herzausstechförmchen von 6 cm Durchmesser

Den Backofen auf 180 °C (Umluft 160 °C, Gas Stufe 2) vorheizen. In einer Schüssel Mehl, Backpulver, Zucker und Salz gut mischen. Die Butter klein schneiden und dazugeben. Mit 2 Messern oder den Fingerspitzen die Butter sehr schnell unterarbeiten, bis grobe Streusel entstanden sind (die Butter sollte sich danach noch kühl anfühlen). Rasch Orangenschale und Rosinen untermischen. Ei und Sahne verquirlen und zügig einarbeiten, bis ein glatter, knetfähiger Teig entstanden ist. Eventuell noch etwas Mehl zugeben. Dann mit bemehlten Händen zu einer lockeren Kugel formen, auf einer bemehlten Arbeitsfläche 2 Zentimeter dick ausrollen und Herzen ausstechen. Mit genügend Abstand auf ein mit Backpapier ausgelegtes Backblech legen.
In den vorgeheizten Ofen (mittlere Schiene) schieben und in 12–15 Minuten hellbraun backen. Die Scones möglichst noch warm servieren.

Rosarote Schweineöhrchen

Dies ist genau das richtige Gebäck, um gemeinsam mit Ihrem Schatz genüsslich daran zu knabbern.

4 Platten TK-Blätterteig, 150 g brauner Zucker, 2–3 EL Milch, 120 g Puderzucker, 2 EL Kirschsaft

Die Blätterteigplatten nebeneinander auftauen lassen. Etwas von dem Zucker auf die Arbeitsfläche streuen. Jeweils 2 Teigplatten übereinanderlegen und auf dem Zucker zu einem Quadrat ausrollen. Umdrehen und mit Milch bestreichen. Die Quadrate mit dem restlichen Zucker bestreuen und mit dem Nudelholz in den Teig drücken. Die linke und rechte Seite der Platten zweimal so nach innen klappen, dass sich die Kanten danach in der Mitte mit einem Abstand von etwa 1 Zentimeter treffen. Die Platten dann zusammenklappen. In Klarsichtfolie wickeln und 1 Stunde in den Kühlschrank stellen, damit der Teig beim Backen nicht geht.
Den Backofen auf 200 °C (Umluft 180 °C, Gas Stufe 3) vorheizen. Die gekühlten Teigrollen in ca. 1 Zentimeter dicke Scheiben schneiden und mit etwas Abstand auf ein kalt abgespültes Backblech legen. In den vorgeheizten Ofen (mittlere Schiene) schieben und in etwa 15 Minuten goldbraun backen. Abkühlen lassen.
Aus Puderzucker und Kirschsaft einen rosafarbenen Zuckerguss anrühren. Die oberen Ränder des Gebäcks hineintauchen, abtropfen und den Guss auf einem Kuchengitter fest werden lassen.

Sie sollten die Schweineöhrchen bis zum Verzehr in einer luftdichten Dose aufbewahren, damit sie schön kross bleiben.

Lebkuchenherzen

100 g Rübensirup, 75 g Honig, 100 g brauner Zucker, 400 g Roggenmehl (Type 1150), 3 g Natron, 1 Prise Salz, 1/2 Päckchen Lebkuchengewürz, etwas abgeriebene unbehandelte Zitronenschale, 50 ml Pflanzenöl
Außerdem: Mehl für die Arbeitsfläche, Herzausstechförmchen von etwa 18–20 cm Durchmesser oder eine entsprechende Pappschablone, Fett für das Blech, 1 Strohhalm o. Ä., 2 Eiweiß, 100 g Zucker, 2 EL Zitronensaft, ca. 250 g Puderzucker, Lebensmittelfarben und Zuckerperlen nach Geschmack

Am Vortag den Backofen auf 200 °C (Umluft 180 °C, Gas Stufe 3) vorheizen. In einem Topf Rübensirup, Honig und Zucker erhitzen, bis sich die Zuckerkristalle gelöst haben, abkühlen lassen. Mehl in eine Schüssel sieben. Mit Natron, Salz, Lebkuchengewürz, Zitronenschale, Öl und dem Topfinhalt zu einem festen Teig verkneten.
Den Teig auf einer bemehlten Arbeitsfläche etwa 1 Zentimeter dick ausrollen. Mit einem großen Ausstechfömchen Herzen ausstechen oder mithilfe einer passend zugeschnittenen Pappschablone Herzen ausschneiden. Auf ein gefettetes Backblech legen. Mit einem Strohhalm o. Ä. unterhalb der oberen Mitte Löcher in den Teig stechen, so dass nach dem Backen ein Geschenkband durchgezogen werden kann.
In den vorgeheizten Ofen (mittlere Schiene) schieben und die Lebkuchenherzen in etwa 15 Minuten hellbraun backen. Herausnehmen und sofort mit kaltem Wasser einpinseln, damit die Herzen glänzen. Auf einem Kuchengitter auskühlen lassen.
Eiweiße steif schlagen, dabei Zucker nach und nach einrieseln lassen. Mit dem Zitronensaft aromatisieren. Unter den steif geschlagenen Eischnee so viel Puderzucker rühren, dass die Masse eine spritzbare Konsistenz erhält. Eimasse auf kleine Schüsseln verteilen und nach Wunsch mit einigen Tropfen Lebensmittelfarbe einfärben. Aus Pergamentpapier eine entsprechende Anzahl kleiner Spritztüten drehen, mit dem verschieden eingefärbten Zuckerguss füllen und ein kleines Loch in die Spitze schneiden. Nach Geschmack mittig auf die Herzen Liebesbotschaften schreiben. Entlang den Rändern eine zickzackförmige Umrandung aufspritzen. Beliebig mit Blumen, Tupfen, Zuckerperlen etc. weiter verzieren. Die Lebkuchenherzen auf einem Kuchengitter über Nacht trocknen lassen.

Jch
Liebe
Dich

Gefüllte Schokoherzen

Für den Teig: 30 g Puderzucker, 100 g Mehl, 1 Prise Salz, 65 g kalte Butter, 1 Eigelb
Für die Füllung: 100 g Nougat, 25 g Vollmilchschokolade, 35 g Butter, 80 g Orangenmarmelade
Außerdem: Herzausstechförmchen von ca. 5 cm Durchmesser, 300 g Zartbitterkuvertüre, Streuzuckerherzen zum Verzieren

Für den Teig Puderzucker, Mehl und Salz mischen. Die Butter in Flöckchen daraufsetzen und alles mit den Fingerspitzen krümelig reiben. Das Eigelb zufügen und die Zutaten von außen nach innen rasch zu einem glatten Teig verkneten. Zur Kugel formen, in Klarsichtfolie wickeln und 30 Minuten im Kühlschrank ruhen lassen.
Den Backofen auf 180 °C (Umluft 160 °C, Gas Stufe 2) vorheizen. Den Teig 3 Millimeter dick ausrollen und eine gerade Zahl von Herzen ausstechen. Auf ein mit Backpapier ausgelegtes Backblech legen, in den vorgeheizten Ofen (mittlere Schiene) schieben und 10–12 Minuten backen. Herausnehmen und abkühlen lassen.
Inzwischen für die Füllung über einem heißen Wasserbad Nougat und Schokolade zusammen schmelzen, vom Herd nehmen und leicht abkühlen lassen. Butter unterrühren. Abkühlen lassen, bis die Masse mehr fest als cremig ist. In einen Spritzbeutel mit Lochtülle füllen.
Auf die Hälfte der Herzkekse mittig einen Klecks Orangenmarmelade setzen und darum herum einen Kranz aus Nougatmasse spritzen. Restliche Herzen darauflegen und leicht andrücken.
Die Kuvertüre nach Packungsanweisung schmelzen bzw. temperieren und die gefüllten Herzen mit einem Großteil davon überziehen, trocknen lassen. Die restliche Kuvertüre erneut schmelzen lassen. Aus Pergamentpapier eine kleine Spritztüte drehen und ein Loch in die Spitze schneiden. Die Herzen diagonal mit feinen Schokostreifen verzieren. Nach Geschmack mit Streuzuckerherzen bestreuen.

Himbeer-Kokos-Muffins

Muffins liebt jeder. Erst recht, wenn sie so fruchtig und so herzig garniert daherkommen wie diese.

Für ein Muffinblech mit 12 Mulden
65 g Butter, 2 kleine Eier (Zimmertemperatur), 1 Eigelb (Zimmertemperatur),
40 g Zucker, 1 Prise Salz, 45 g Mehl, 30 g Mais- oder Kartoffelstärke
Außerdem: Papier-Muffinförmchen, 100 g Puderzucker, 1–2 TL Zitronensaft,
ca. 100 g Himbeerkonfitüre zum Bestreichen, 25 g Kokosraspel zum Bestreuen,
1 Herzausstechförmchen von 2–3 cm Durchmesser

Den Backofen auf 180 °C (Umluft 160 °C, Gas Stufe 2) vorheizen. Die Butter zerlassen und abkühlen lassen. In einer Schüssel Eier, Eigelb, Zucker und Salz aufschlagen, bis die Mischung das vierfache Volumen erreicht hat. In einer zweiten Schüssel Mehl und Speisestärke mischen und locker unter die Ei-Zucker-Masse heben. Zuletzt die abgekühlte Butter vorsichtig unterarbeiten.
Die Papier-Muffinförmchen in die Vertiefungen des Muffinblechs setzen und den Teig sofort gleichmäßig darin verteilen. In den vorgeheizten Ofen (mittlere Schiene) schieben und in 20–25 Minuten hellbraun backen. Herausnehmen und auf einem Kuchengitter abkühlen lassen.
Aus Puderzucker und Zitronensaft einen Zuckerguss anrühren. Von der Oberseite der Muffins einen etwa 1 Zentimeter dicken Deckel abschneiden. Mit einem kleinen Herzausstechförmchen aus den Deckeln jeweils mittig ein Herz ausstechen. Jeden Muffin mit etwas Konfitüre bestreichen. Die Deckel mit etwas Zuckerguss bepinseln, mit Kokosraspeln bestreuen und wieder auf die passenden Muffins setzen.

Schoko-Bananen-Muffins

Für ein Muffinblech mit 12 Mulden
120 g Zartbitterkuvertüre, 60 g weiche Butter, 80 g Zucker, 1 Prise Nelkenpulver, 1 Ei, 1 sehr reife Banane, 100 g Mehl, 1 TL Weinstein-Backpulver
Außerdem: Butterbrotpapier, 12 Metallbüroklammern, 100 g dunkle Kuchenglasur bester Qualität, 12 Traubenzuckerherzen, Krepp-Papier

Den Backofen auf 180 °C (Umluft 160 °C, Gas Stufe 2) vorheizen. Die Kuvertüre über einem heißen Wasserbad schmelzen und wieder abkühlen lassen.
In einer Schüssel die Butter mit der Hälfte des Zuckers und Nelkenpulver schaumig schlagen. Das Ei trennen und das Eigelb unterrühren. Die Banane schälen, mit einer Gabel fein zerdrücken und wie die Kuvertüre ebenfalls unterrühren. Eiweiß mit dem restlichen Zucker zu steifem Schnee schlagen. Mehl und Backpulver mischen. Eischnee und Mehlmischung abwechselnd unter den Teig heben.
Aus dem Butterbrotpapier Streifen von ca. 6 x 34 Zentimetern schneiden, mit Hilfe einer kleinen Flasche (z. B. einer Sojasaucenflasche) so rollen, dass das Papier doppelt bzw. dreifach liegt und die Rollen jeweils in die Mulde eines Muffinblechs passen. Mit einer Metallbüroklammer fixieren, in die Mulden setzen und zu etwa drei Vierteln mit Teig füllen.
In den vorgeheizten Ofen (mittlere Schiene) schieben und 20–25 Minuten backen. Herausnehmen und auf einem Kuchengitter abkühlen lassen. Die Kuchenglasur nach Packungsanweisung schmelzen und jeweils einen Klecks davon auf jeden Muffin setzen. Jeweils 1 Traubenzuckerherz aufrecht hineinstecken. Die Büroklammern entfernen und die Muffins mit einer Krepp-Papierschleife verzieren.

Sie können die Muffins selbstverständlich auch wie üblich in Papier-Muffinförmchen backen und überreichen.

KISS ME

Schokowaffeln mit Zitronenmousse

Für die Mousse: 2 Blatt weiße Gelatine, 1 TL abgeriebene unbehandelte Zitronenschale, 4 EL Zucker, 60 ml Zitronensaft, 100 ml Sahne, 1 Eiweiß, 1 Prise Salz
Für die Waffeln: 30 g Butter, 100 g Mehl, 1 EL Kakaopulver, 150 ml Sahne, 2 Eigelb, 1 Prise Nelkenpulver, 1 Prise Zimtpulver, Mark von 1/2 Vanilleschote, abgeriebene Schale von 1/2 unbehandelten Zitrone, 3 Eiweiß, 45 g Zucker, 1 Prise Salz
Außerdem: Fett für das Waffeleisen, Puderzucker zum Bestäuben, dunkle Kuchenglasur bester Qualität, Zitronenzesten zum Garnieren

Für die Mousse die Gelatine nach Packungsanweisung quellen lassen. Inzwischen in einem Topf 75 Milliliter Wasser mit der Zitronenschale und 3 Esslöffeln Zucker aufkochen lassen und vom Herd nehmen. Eingeweichte Gelatine und Zitronensaft zur Mischung im Topf geben und rühren, bis sich die Gelatine vollständig aufgelöst hat. Durch ein Sieb in eine Schüssel seihen. Zugedeckt in den Kühlschrank stellen, bis die Mischung am Schüsselrand zu gelieren beginnt. Die Sahne steif schlagen und unterrühren. Das Eiweiß mit restlichem Zucker und Salz steif schlagen und ebenfalls unter die Mischung rühren. Zugedeckt im Kühlschrank fest werden lassen; das dauert etwa 2 Stunden.
Für die Waffeln die Butter in einem Topf schmelzen und wieder abkühlen lassen. Mehl und Kakao in eine Schüssel sieben. Sahne, Eigelbe, Gewürze, Zitronenschale und zerlassene Butter zugeben und alle Zutaten zu einem glatten Teig verrühren. Die Eiweiße mit Zucker und Salz zu weichem Schnee schlagen und unterheben. Aus dem Teig im vorgeheizten gefetteten Waffeleisen portionsweise Waffeln backen. Die Kuchenglasur nach Packungsanweisung schmelzen.
Pro Portion mit einem Esslöffel 2 Nocken von der Zitronenmousse abstechen und zusammen mit 2 Waffelherzen auf einem Teller anrichten (die restlichen Waffeln anderweitig verwenden). Die Mousse-Nocken mit Zitronenzesten und die Waffelherzen mit Kuchenglasur garnieren.

Mandelwaffel-Erdbeer-Doppeldecker

Für die Füllung: 250 g Erdbeeren, 1/4 l Sahne, 1 Päckchen Sahnesteif, 1 EL Bourbon-Vanillezucker
Für die Waffeln: 2 Eier, 50 g Zucker, 1/8 l Milch, 125 g Mehl, 30 g gemahlene Mandeln, 1 TL Himbeergeist, etwas abgeriebene unbehandelte Zitronenschale
Außerdem: Fett für das Waffeleisen, Puderzucker zum Bestäuben

Für die Füllung die Erdbeeren waschen, putzen und in Scheiben schneiden. Die Sahne mit Sahnesteif und Vanillezucker steif schlagen.
Für die Waffeln in einer Schüssel Eier, Zucker und Milch verquirlen. Mehl, Mandeln, Himbeergeist und Zitronenschale unterrühren. Aus dem Teig im vorgeheizten gefetteten Waffeleisen portionsweise goldbraune Waffeln backen.
Die Waffeln in Herzen teilen und jeweils 2 Herzen anteilig mit der Vanillesahne und den Erdbeerscheiben zu Doppeldeckern zusammensetzen. Mit Puderzucker bestäuben und sofort servieren.

Pralinen & Konfekt

Wie wunderhübsch sind diese kleinen Süßigkeiten, die zum lustvollen Knabbern einladen! Gibt es irgendjemanden, der ihnen widerstehen kann? Sicher nicht! Während Sie versonnen Trüffel zwischen Ihren Handflächen rollen, in einem Töpfchen duftende Schokolade schmelzen, süße Heren aus zartem Marzipan ausstechen und mit der Spritztüte vorsichtig sahnige Tupfen in Papierkapseln setzen, fühlen Sie sich an den wunderbaren Film Chocolat erinnert: In Pralinen schlummern versteckte Zauberkräfte! Sie machen sinnlich, besänftigen, begeistern und befreien verborgene Gefühle. Probieren Sie es aus!

Schoko-Chili-Konfekt

300 g Zartbitterkuvertüre, 2 kleine rote Thai-Chilischoten, 120 ml Sahne, 30 g cremiger Honig, 50 g Butter, Staniol-Pralinenkapseln, 100 g feiner Zucker

Die Kuvertüre fein hacken. 1 Chilischote halbieren, von Stielansatz, Samen sowie Scheidewänden befreien. In einem Topf mit Sahne und Honig zum Kochen bringen. Durch ein Sieb in eine Schüssel seihen. Die Kuvertüre einrühren und darin schmelzen. Die Mischung abkühlen lassen. Dann die Butter in Flöckchen zugeben und die Creme mit den Quirlen des Handrührers aufschlagen. In einen Spritzbeutel mit Sterntülle füllen und die Creme rosettenförmig in die Pralinenkapseln spritzen. Kalt stellen. Die zweite Chilischote vom Stielansatz befreien, in Ringe schneiden und dabei von den Samen befreien. 10 Minuten in kochendem Wasser garen. Herausnehmen und auf Küchenpapier abkühlen lassen. Die Chiliringe in dem Zucker wälzen und das Konfekt damit garnieren.

Besonders attraktiv sieht das Konfekt aus, wenn man es in einer hübschen Schachtel oder durchsichtigen Tüte verpackt.

Schoko-Marzipan-Konfekt

Lassen Sie Herzen sprechen mit diesem Konfekt, das unkompliziert und köstlich zugleich ist.

200 g Marzipanrohmasse, 100 g Puderzucker, 50 g gemahlene Pistazienkerne, 1 EL Kirschlikör
Außerdem: Herzausstechförmchen von ca. 4 cm Durchmesser, dunkle Kuchenglasur bester Qualität, grob gehackte Pistazienkerne, kandierte Rosen- oder Veilchenblätter (Fertigprodukte)

Marzipan, gesiebten Puderzucker, gemahlene Pistazien und Likör miteinander verkneten. Auf einer Arbeitsfläche etwa 1 Zentimeter dick ausrollen und kleine Herzen ausstechen. Auf ein Blech legen, mit Alufolie abdecken und 1–2 Stunden kühl stellen. Die Kuchenglasur nach Packungsanweisung schmelzen. Die Marzipanherzen mit einer Gabel hineintauchen, auf ein Kuchengitter setzen, mit grob gehackten Pistazien und kandierten Rosen- oder Veilchenblättern bestreuen und trocknen lassen.

- Sollten Sie die kandierten Blütenblätter im Feinkostladen in Ihrer Nähe nicht bekommen, können Sie sie über spezialisierte Anbieter im Internet beziehen.

- Zum Verschenken das Konfekt in Pralinenkapseln setzen und in einer hübschen Schachtel verpacken.

- Wer möchte, kann das Konfekt mit Zuckerherzen oder Dekozucker nach Geschmack auch bunter gestalten.

Liebeskonfekt

200 g Zartbitterkuvertüre, 1/8 l Sahne, 3 EL Honig, 80 g Butter
Außerdem: Staniol-Pralinenkapseln, silberne Zuckerperlen zum Verzieren

Die Kuvertüre fein hacken. In einem Topf die Sahne mit dem Honig zum Kochen bringen. Vom Herd nehmen, die Kuvertüre zugeben und darin schmelzen, abkühlen lassen. Danach die Butter unterrühren, bis sie sich vollständig aufgelöst hat.
Die Masse in einen Spritzbeutel mit Lochtülle füllen. Bis zum Rand in die Staniolkapseln füllen und nach Geschmack mit den Zuckerperlen verzieren. Bis zum Verschenken im Kühlschrank aufbewahren.

Wenn Sie das Konfekt nicht am selben oder am nächsten Tag überreichen möchten, können Sie es auch einfrieren.

Buttertrüffel

350 g Zartbitterkuvertüre, 70 g Butter, 150 ml Sahne, 40 g Zucker
Außerdem: Pergamentpapier, rosafarbener Dekozucker zum Wälzen

Die Kuvertüre grob hacken. In einem Topf Butter, Sahne und Zucker bei mittlerer Hitze zum Kochen bringen. Kuvertüre zugeben und darin schmelzen. Vom Herd nehmen und abkühlen lassen. Zugedeckt in den Kühlschrank stellen, bis die Masse spritzfähig ist.
In einen Spritzbeutel mit Lochtülle füllen. Auf ein mit Pergamentpapier ausgelegtes Arbeitsbrett gleich große Tupfen spritzen. Mit kühlen Händen rasch zu Kugeln formen und in dem Zucker wälzen.

Sie können die Trüffel in Pralinenkapseln setzen und Ihrem Schatz in einer hübschen Schachtel verpackt überreichen.

Liebes-Petits-Fours

75 g Butter, 4 Eier, 75 g Marzipanrohmasse, 90 g Zucker, 1 Prise Salz, 1 EL Zitronensaft, 50 g Mehl, 45 g Speisestärke
Außerdem: Mehl für die Arbeitsfläche, Ausstechförmchen nach Belieben, 100 g Nougat, 100 g Puderzucker, 1 Eiweiß, ein paar Tropfen Kirschsaft, dunkle Kuchenglasur bester Qualität und/oder kandierte Rosenblätter bzw. Belegkirschen (Fertigprodukte) zum Garnieren

Die Butter in einem Topf schmelzen und wieder abkühlen lassen. Eier, Marzipan, Zucker, Salz und Zitronensaft in einer Schüssel mit dem Handmixer oder der Küchenmaschine luftig aufschlagen. Mehl mit Stärke in einer zweiten Schüssel mischen und mit der flüssigen Butter unter die Marzipanmasse heben.
Den Backofen auf 200 °C (Umluft 180 °C, Gas Stufe 3) vorheizen. Ein Backblech mit Backpapier auslegen. Die Masse fingerdick darauf verstreichen. In den vorgeheizten Ofen (mittlere Schiene) schieben und 10–12 Minuten backen. Herausnehmen. Eine Arbeitsfläche mit Mehl bestäuben und das Blech darauf stürzen. Das Backpapier leicht anfeuchten und vorsichtig abziehen. Aus dem Teig mit zuvor in heißes Wasser getauchten Ausstechförmchen beliebige Formen ausstechen oder mit einem scharfen Messer quadratische Petits Fours in mundgerechter Größe schneiden. Nougat über einem heißen Wasserbad wachsweich schmelzen. Jeweils ein Petit Four mit Nougat bestreichen und ein zweites gleicher Form daraufsetzen.
Aus Puderzucker und Eiweiß einen Zuckerguss anrühren und mit ein paar Tropfen Kirschsaft rosa einfärben. Die Petits Fours mit dem Zuckerguss überziehen und trocknen lassen. Die Kuchenglasur nach Packungsanweisung schmelzen. Aus Pergamentpapier eine kleine Spritztüte drehen, mit der Glasur füllen und ein kleines Loch in die Spitze schneiden. Die Oberfläche der Petits Fours diagonal mit feinen Schokostreifen verzieren und/oder mit kandierten Rosenblättern oder Belegkirschen garnieren.

Kuchen & Torten

Sie haben Grund zum Feiern? Vielleicht der Geburtstag Ihres oder Ihrer Liebsten. Oder Ihren Kennenlerntag! Dafür ist Ihnen das Beste sicher gerade gut genug. Eine festliche Torte, ein üppiger Kuchen sollen die Kaffeetafel zieren, wenn Sie mit dem oder der Angebeteten ein gemütliches Tête-à-tête erleben. Das Telefon wird ausgestöpselt, die Türklingel abgestellt - niemand darf Sie stören (und womöglich noch Anspruch auf einen Anteil an der süßen Pracht erheben). Sie sind ein unschlagbares Team, das schaffen Sie auch allein! Wie vergänglich ist doch alles Schöne ...

Himbeerherz

Für 1 Herzformrand von 24 cm Durchmesser
Für den Teig: 210 g Mehl, 60 g Puderzucker, 1/2 Päckchen Vanillezucker, 120 g Butter, 1 Eigelb, 1 Prise Salz, 1 TL Rum
Für den Belag: ca. 300 g frische Himbeeren, 1/2 Päckchen klarer Tortenguss, 2 EL Zucker
Außerdem: Butter für die Form

Für den Teig das Mehl auf die Arbeitsfläche sieben, Puderzucker und Vanillezucker untermischen. Butter in Stückchen auf dem Mehl verteilen und mit 2 Messern unterhacken. Eigelb, Salz und Rum zugeben und leicht untermischen. Mit kalten Händen die Zutaten rasch zu einem glatten Teig verkneten. Zur Kugel formen, in Klarsichtfolie wickeln und 1 Stunde im Kühlschrank ruhen lassen.
Den Backofen auf 200 °C (Umluft 180 °C, Gas Stufe 3) vorheizen. Den Herzformrand einfetten, Teig auf die Größe der Form ausrollen, mit dem Rand ausstechen, restlichen Teig wieder verkneten, zu einem Strang von passender Länge ausrollen. Einen etwa 1 1/2–2 Zentimeter hohen Rand um den Herzboden legen und leicht andrücken. Mit dem Stiel eines Kochlöffels zur äußeren Seite hin dicht an dicht Mulden in den Rand drücken, dann versetzt in die Innenkante ebenfalls Mulden drücken (siehe Foto rechts).
Den Boden in den vorgeheizten Ofen (mittlere Schiene) schieben und in 15–20 Minuten hellbraun backen. Herausnehmen und auf einem Kuchengitter auskühlen lassen. Für den Belag die Himbeeren mit einem Pinsel säubern, nicht waschen! Den Boden dicht damit belegen. Den Tortenguss mit dem Zucker nach Packungsanweisung zubereiten und die Himbeeren damit dünn überziehen. Dazu geschlagene, leicht gesüßte Sahne servieren.

Doppelherz mit Grapefruits

ca. 400 g TK-Blätterteig, 1 Stück Pappe (Größe: ca. 36 x 21 cm), ca. 5 Pink Grapefruits, 150 g Himbeerkonfitüre, ca. 100 ml Blutorangensaft (Fertigprodukt), 1/2 Päckchen klarer Tortenguss, 2 EL Zucker
Außerdem: Mehl für die Arbeitsfläche, 1 Eiweiß zum Bestreichen, 4 EL geröstete Mandelblättchen

Die Blätterteigplatten nebeneinander auftauen lassen. Aus Pappe eine Doppelherzschablone (Größe: etwa 35 x 20 cm) ausschneiden. Den Backofen auf 200 °C (Umluft 180 °C, Gas Stufe 3) vorheizen. Die Blätterteigplatten übereinander legen und auf einer bemehlten Arbeitsfläche 2 Quadrate von etwa 41 x 26 Zentimetern ausrollen. Die Herzschablone auflegen und aus jedem Teigquadrat ein Doppelherz ausschneiden. Die beiden Herzen übereinander auf ein mit Backpapier ausgelegtes Backblech legen. Die obere Teigplatte in einem Abstand von 2 Zentimetern vom äußeren Rand rundherum herzförmig einschneiden (Vorsicht: die untere Platte darf nicht mit durchgeschnitten werden!).
Nur den Rand mit Eiweiß bestreichen und das Doppelherz im Kühlschrank 30 Minuten kühl stellen. In den vorgeheizten Ofen (mittlere Schiene) schieben und ca. 15 Minuten blindbacken. Herausnehmen und abkühlen lassen. Von der oberen Teigschicht entlang dem Einschnitt den inneren Teil vorsichtig abheben (und anderweitig verwenden), so dass der äußere Teil als Rand stehen bleibt.
Inzwischen die Grapefruits so schälen, dass die weiße Innenhaut vollständig mit entfernt wird. Die Filets zwischen den Innenhäutchen herauslösen, den Saft dabei auffangen. Die Filets auf Küchenpapier abtropfen lassen.
In einem kleinen Topf die Konfitüre kurz zum Kochen bringen und durch ein Sieb in eine Schüssel streichen. Den Boden des Doppelherzes dünn damit bestreichen. Die Grapefruitfilets schuppenartig darauf verteilen. Den aufgefangenen Grapefruitsaft mit Blutorangensaft auf 1/8 Liter auffüllen. Mit Tortenguss und Zucker in einem Topf aufkochen und die Früchte damit überziehen. Die Teigränder dünn mit dem Guss bestreichen und mit den Mandelblättchen bestreuen. Fest werden lassen.

Mini-Kastenkuchen

Für 1 kleine Kastenform vom 15 cm Länge
Für den Teig: 2 Eier, 130 g Butter, 80 g Zucker, 1 Prise Salz, 1 TL Bourbon-Vanillezucker, 180 g Mehl, 40 g gemahlene Mandeln, 1 gehäufter TL Weinstein-Backpulver, 40 g gehackte getrocknete Cranberries
Für den Guss: 120 g Puderzucker, 2 EL Kirschsaft
Außerdem: Butter für die Form

Den Backofen auf 200 °C (Umluft 180 °C, Gas Stufe 3) vorheizen. Die Kastenform einfetten. Für den Teig die Eier trennen. In einer Schüssel Butter, Zucker, Salz, Vanillezucker und Eigelbe schaumig rühren. Mehl mit Mandeln und Backpulver in einer zweiten Schüssel mischen. Die Eiweiße zu steifem Schnee schlagen. Die Mehl-Mandel-Mischung abwechselnd mit dem Eischnee unter die Ei-Zucker-Mischung heben. Zum Schluss die Cranberries unterheben.

Den Teig in die Kastenform füllen. In den vorgeheizten Ofen (mittlere Schiene) schieben und in ca. 40 Minuten hellbraun backen (Stäbchenprobe machen!). Herausnehmen, kurz ausdampfen lassen und dann mit Hilfe eines Küchentuchs auf ein Kuchengitter stürzen. Auskühlen lassen.

Aus Puderzucker und Kirschsaft einen rosafarbenen Zuckerguss herstellen und dekorativ über den Kuchen laufen lassen.

Minigugelhupf

Für 1 Gugelhupfform von 1 l Inhalt
2 EL Rum, 80 g Rosinen, 20 g Hefe, 70 ml lauwarme Milch, 200 g Mehl, 100 g Butter, 60 g Zucker, 1 Ei, 1 Eigelb, Salz, 1 gute Prise frisch geriebene Muskatnuss, abgeriebene Schale von 1 unbehandelten Zitrone
Außerdem: weiche Butter und Semmelbrösel für die Form, Puderzucker zum Bestäuben

In einem Töpfchen den Rum erwärmen und die Rosinen darin marinieren. In einer Schale die Hefe in der lauwarmen Milch auflösen und 1 Esslöffel Mehl unterrühren. Den Vorteig zugedeckt gehen lassen, bis er sein Volumen verdoppelt hat.
Das restliche Mehl in eine Schüssel geben und eine Vertiefung hineindrücken. Den Vorteig, Butter, Zucker, Ei, Eigelb, Salz, Muskat und Zitronenschale zugeben und alles zu einem klebrigen Teig verrühren. Den Teig zugedeckt bei Zimmertemperatur gehen lassen, bis er sein Volumen verdoppelt hat. Danach die Rumrosinen unterrühren.
Den Backofen auf 180 °C (Umluft 160 °C, Gas Stufe 2) vorheizen. Die Gugelhupfform sorgfältig einfetten, mit Semmelbröseln ausstreuen und die überschüssigen Brösel herausklopfen. Den Teig einfüllen und glatt streichen.
Die Form in den vorgeheizten Ofen (zweite Schiene von unten) schieben und den Kuchen 40 Minuten backen. Stäbchenprobe machen! Den Gugelhupf auf ein Kuchengitter stürzen, die Form aber erst nach 10 Minuten entfernen. Auskühlen lassen und dick mit Puderzucker bestäuben.

Sie können den Kuchen auch nach Herzenslust mit einem Zuckerguss aus 240 Gramm Puderzucker und 4 Esslöffeln Kirschsaft überziehen und mit Liebesperlen, rosafarbenen und weißen Schokolinsen, bunten Mini-Schokolinsen, Traubenzuckerherzen oder rosafarbenen Marzipanherzen verzieren.

Schokoherztorte

Für den Biskuit: 50 g Butter, 4 Eier, 120 g Zucker, 1 Prise Salz, 100 g Mehl, 20 g Kakao, 30 g gemahlene Mandeln
Für die Füllung: 50 g Zartbitterkuvertüre, 140 ml Sahne, 1 EL Kaffeepulver (Instant), 100 g Marzipanrohmasse, 100 g Puderzucker
Für die Glasur: 90 g Zartbitter- und 140 g Vollmilchkuvertüre, 80 ml Sahne, 1 EL Honig
Außerdem: 1 Springform (18 cm Durchmesser), 1 Herzausstechform (12 cm Durchmesser)

Ggf. am Tag vor dem Verzehr den Backofen auf 180 °C (Umluft 160 °C, Gas Stufe 2) vorheizen. Den Boden der Springform samt passend zurecht geschnittenem Backpapier in den Rand einspannen. Form nicht fetten.
Für den Teig in einem Topf die Butter zerlassen. Eier, Zucker und Salz mit den Quirlen des Handrührers bis zum vierfachen Volumen aufschlagen. Mehl, Kakao und Mandeln mischen und vorsichtig unter die Ei-Zucker-Masse heben. Flüssige Butter ebenfalls vorsichtig unterarbeiten. Den Teig in die Springform füllen und glatt streichen. Im vorgeheizten Ofen (mittlere Schiene) 30 Minuten backen. Stäbchenprobe machen! Herausnehmen, den Biskuit samt Form auf ein Kuchengitter stürzen und (am besten über Nacht) vollständig auskühlen lassen. Die Form wieder umdrehen, den Biskuit mit Hilfe eines Messers vom Rand lösen und herausnehmen.
Für die Füllung die Kuvertüre fein hacken. In einem Topf Sahne mit löslichem Kaffee aufkochen, vom Herd ziehen und die Kuvertüre darin schmelzen. Im Kühlschrank zugedeckt sehr kalt werden lassen. Mit den Quirlen des Handrührers aufschlagen.
Den Bisquit zweimal quer durchschneiden. Aus jedem Boden mit dem Herzausstecher 1 Herz ausstechen. 2 Böden anteilig mit Füllung bestreichen und übereinander setzen, dabei 2 Esslöffel der Füllung zurückbehalten. Die Torte mit dem dritten Herz abdecken. Marzipan mit gesiebtem Puderzucker verkneten, dünn ausrollen und ebenfalls 1 Herz ausstechen. Mit der restlichen Füllung bestreichen und mit der bestrichenen Seite nach unten auf die Oberseite der Torte legen, leicht andrücken. Auf eine Tortenplatte stellen.
Für die Glasur die beiden Kuvertüresorten fein hacken. Sahne und Honig in einem Topf aufkochen, vom Herd ziehen und die Kuvertüre darin schmelzen. Die Glasur mit einem Mixstab kräftig durchmixen und die Torte damit überziehen.

Valentine's Cheesecake

Für 1 Springform von 18 cm Durchmesser
Für den Boden: 100 g Löffelbiskuits, 30 g Butter
Für die Füllung: 150 ml Sahne, 500 g Frischkäse, 160 g Zucker, 3 Eier, 100 ml Zitronensaft, 10 Himbeeren, 1 Holzstäbchen
Außerdem: 1 Holzstäbchen

Für den Boden die Löffelbiskuits in einen Gefrierbeutel füllen, gut verschließen und mit einem Nudelholz zu feinen Bröseln zermahlen. Die Butter zerlassen und in einer Schüssel mit den Bröseln zu einer homogenen Masse vermischen.
Den Backofen auf 170 °C (Umluft 150 °C, Gas Stufe 2) vorheizen. In den Boden der Springform zuerst ein Stück Backpapier einklemmen. Mit der Bröselmasse bedecken und einen gezackten, etwa 3–5 Zentimeter hohen Rand hochziehen. In den vorgeheizten Ofen (mittlere Schiene) schieben und 10 Minuten vorbacken. Den Boden herausnehmen und abkühlen lassen. Danach die Ofentemperatur auf 100 °C reduzieren.
Inzwischen für die Füllung in einer Schüssel Sahne, Frischkäse, 150 Gramm Zucker, Eier und Zitronensaft mit den Quirlen des Handrührer zu einer homogenen Creme verrühren und bis auf 1 Esslöffel in den vorgebackenen Boden füllen.
In einem kleinen Becher die Himbeeren mit dem restlichen Zucker pürieren. Durch ein feines Sieb streichen und mit der verbliebenen Frischkäsemasse verrühren. Die Himbeer-Quark-Mischung in einen kleinen Gefrierbeutel füllen, eine Spitze abschneiden und rote Punkte auf den Kuchen spritzen. Mit dem Holzstäbchen zu kleinen herzförmigen Blättchen verziehen. In den vorgeheizten Ofen (mittlere Schiene) schieben und den Kuchen in 60 Minuten fertig backen. Den Ofen danach abstellen und den Kuchen darin bei angelehnter Tür (einen Holzlöffel in den Spalt stecken!) langsam auskühlen lassen, damit die Oberfläche nicht reißt.

Schwarzwälder Kirschtorte

Für 1 Springform von 18 cm Durchmesser
Für den Biskuit: 100 g Mehl, 30 g Kakaopulver, 5 EL Milch, 50 ml Sonnenblumenöl, 5 Eier, 140 g Zucker, 1 Päckchen Vanillezucker, 1 Prise Salz, 1 Prise Zimtpulver
Für Füllung und Überzug: 1 Glas Sauerkirschen (Einwaage 400 g), 2 EL Zucker, 2 gehäufte TL Maisstärke, 1 l eiskalte Sahne (mindestens 33 % Fettgehalt), 70 g Puderzucker, Kirschwasser nach Geschmack, 250 g Schokoraspel und -späne

Den Backofen auf 180 °C (Umluft 160 °C, Gas Stufe 2) vorheizen. Den Boden samt passend zurecht geschnittenem Backpapier in den Springformrand einspannen. Den Rand nicht fetten! Für den Biskuit Mehl und Kakao mischen. Getrennt davon Milch und Öl verquirlen. In einer Schüssel Eier, Zucker, Vanillezucker, Salz und Zimt aufschlagen, bis sich das Volumen der Masse vervierfacht hat. Nach und nach Mehl-Kakao-Mischung und Milch-Öl-Mischung unterrühren. Den Teig sofort in die Springform füllen und glatt streichen. In den vorgeheizten Ofen (mittlere Schiene) schieben und 30 Minuten backen, währenddessen die Ofentür nicht öffnen! Stäbchenprobe machen! Herausnehmen und auskühlen lassen. Den Biskuit erst danach aus der Form lösen.
Inzwischen für Füllung und Überzeug die Kirschen abtropfen lassen, den Saft auffangen. 1/4 Liter Saft abmessen und mit dem Zucker aufkochen. Stärke mit wenig Wasser anrühren und den Saft bei geringer Hitze unter Rühren damit binden. Die Kirschen einrühren, kurz aufkochen lassen, vom Herd nehmen und abkühlen lassen.
Den Biskuit zweimal horizontal durchschneiden, die 3 Böden nach Belieben mit etwas Kirschwasser beträufeln. 8 Kirschen für die Garnitur beiseite legen, die Hälfte der restlichen Kirschen auf dem ersten Boden verteilen. Sahne mit Puderzucker steif schlagen. Ein Viertel davon auf den Kirschen verstreichen. Den zweiten Boden auflegen, leicht andrücken und wie den ersten belegen. Mit dem letzten Boden abschließen. Die Torte rundherum mit dem Großteil der übrigen Sahne bestreichen. Den Rest in einen Spritzbeutel mit großer Sterntülle füllen und 8 Rosetten auf den Tortenrand tupfen. Die verbliebenen Kirschen darauf setzen. Die Torte für 30 Minuten kühl stellen. Danach die Oberfläche und den Rand mit Schokoraspeln und -spänen verzieren.

Kokos-Limetten-Torte

Für 1 Springform von 18 cm Durchmesser
Für den Teig: 1 unbehandelte Limette, 100 g Butter, 1 EL Vanillezucker, 1 Prise Salz, 1 EL Mehl, 4 Eier, 8 Löffelbiskuits (50 g), 125 g Kokosflocken, 100 g Zucker
Für den Belag: 750 g Himbeeren, 2 EL Puderzucker, 200 ml Sahne, 1 EL Zucker, 1 Stück frische Kokosnuss
Außerdem: Butter für die Form, Puderzucker zum Bestäuben

Den Backofen auf 170 °C (keine Umluft, Gas Stufe 1–2) vorheizen. Die Springform einfetten. Für den Teig die Limette abbrausen, trockentupfen, die Schale abreiben und den Saft auspressen. In einer Schüssel mit den Quirlen des Handrührers Butter, Limettenschale, Vanillezucker und Salz schaumig rühren. Das Mehl unterrühren. Die Eier trennen. Die Eigelbe nach und nach unter die Butter-Zucker-Mischung rühren. Die Löffelbiskuits in einem Gefrierbeutel gut verschließen und mit einem Nudelholz zu feinen Bröseln zermahlen. In einer zweiten Schüssel mit Kokosflocken und Limettensaft mischen und unter die Mischung in der ersten Schüssel rühren. Die Eiweiße mit dem Zucker zu steifem Schnee schlagen. Erst ein Drittel unter den Teig rühren, dann den Rest vorsichtig unterheben. Den Teig in die Form füllen und glatt streichen. In den vorgeheizten Ofen (mittlere Schiene) schieben und in 50–60 Minuten goldbraun backen (Stäbchenprobe machen!). Herausnehmen, auskühlen lassen und erst dann aus der Form lösen.
Für den Belag die Himbeeren vorsichtig abbrausen und auf Küchenpapier abtropfen lassen. Die Hälfte der Beeren und den Puderzucker mit dem Mixstab pürieren. Die Sahne mit dem Zucker steif schlagen. Von dem Stück Kokosnuss mit dem Sparschäler lange Späne abschälen. Sahne und Beeren auf dem Kuchen verteilen, mit den Kokosspänen garnieren und mit dem Puderzucker bestäuben. Das Himbeerpüree entweder dekorativ über den Belag laufen lassen oder separat dazu reichen.

Meringue-Torte

Für die Meringue: 4 Eiweiß, 125 g Zucker, 100 g Puderzucker, 30 g Speisestärke
Für die Füllung: 150 g Cranberries oder Preiselbeeren, 75 g Gelierzucker (1:1), 2 Blatt weiße Gelatine, 200 ml Sahne
Außerdem: kandierte Rosenblätter (Fertigprodukt) zum Verzieren

Am Vortag auf Backpapier mit Abstand 3 Kreise von 15 Zentimetern Durchmesser anzeichnen. Den Backofen auf 50 °C vorheizen.
Für die Meringue in einer Schüssel die Eiweiße mit dem Zucker zu steifem Schnee schlagen, bis er Spitzen zieht. In einer zweiten Schüssel Puderzucker und Speisestärke mischen und vorsichtig unterheben. Die Masse in einen Spritzbeutel mit Lochtülle füllen und die angezeichneten Kreise mit einer gleichmäßigen Spirale aus der Masse füllen, falls nötig diese mit einem Löffel gleichmäßig verteilen. In den vorgeheizten Ofen schieben und innerhalb eines Tages darin trocknen lassen. Herausnehmen und auskühlen lassen.
Am nächsten Tag für die Füllung Cranberries oder Preiselbeeren waschen und putzen. In einem Topf mit 70 Millilitern Wasser und dem Gelierzucker aufkochen. Mit dem Mixstab fein pürieren und durch ein Sieb passieren. Inzwischen die Gelatine nach Packungsanweisung in Wasser einweichen lassen, ausdrücken und in einigen Esslöffeln der noch heißen Beerenmischung auflösen, abkühlen lassen. Die Sahne steif schlagen und unter die abgekühlte Beerenmischung heben. Die aufgelöste Gelatine ebenfalls unterheben. Zugedeckt kühl stellen, bis die Masse angezogen hat; das dauert mindestens 1 Stunde.
Kurz vor dem Servieren (!) einen Meringueboden mittig auf eine Kuchenplatte setzen und mit der Hälfte der Beerensahne bestreichen. Den zweiten Boden auflegen und mit der restlichen Sahne bestreichen. Die Torte mit dem dritten Boden abschließen. Die Oberfläche mit Puderzucker bestäuben und mit den Rosenblättern dekorieren.

Sie sollten die Meringue-Torte wirklich erst kurz vor dem Servieren fertigstellen, da die Baisermasse sehr schnell durchfeuchtet und dann pappig wird. Sobald sie erst einmal auf dem Tisch steht, wird die Torte sowieso sehr schnell verputzt sein.

5 4 3 2 1

ISBN 978-3-88117-731-3

Gestaltung: Christiane Leesker
Rezeptentwicklung: Oliver Brachat
Foodstyling/Foodgrafie: Oliver Brachat
Requisite: Monika Römer
Redaktion: Monika Römer, Christiane Leesker

www.hoelker-verlag.de

Printed in China

Ich
Liebe
Dich